Skuggor
och eldflugor

- reviderad

Predrag Mihajlović

© 2021 Predrag Mihajlović

Förlag: BoD – Books on Demand, Stockholm, Sverige
Tryck: BoD – Books on Demand, Norderstedt,
Tyskland
ISBN: 978-91-7969-257-5

Skuggor och eldflugor

— så kan man ha anledning att utbrista: hvad tjänar då allt detta oväsen till? All denna plåga, all galenskap, all ångest och all nöd? Det hela gäller ju bara att hvarje Hans får sin Greta

A. Schopenhauer (översatt av G. A. Jäderholm)

Innehåll

Hon, Ria

1.

"Det är helt numinöst! skrek hon. Vems skulder betalar jag för?" Det var precis klockan fem en kvävande varm måndagseftermiddag i början av augusti när Ria fick misstanke om att hon blivit bestulen på sin just färdigskrivna roman hon planerat att skicka till förlag. Då tog hon ett förståeligt beslut om att ofördröjligen gå till polisstationen och anmäla det helt ofattbara brottet. Både förbaskad och panikslagen – dessa två ord räcker säkert inte till för att fullständigt beskriva Rias inre tillstånd – lämnade hon sin nyligen renoverade och smakligt möblerade tvårumslägenhet på fjärde våningen och gick, med resoluta steg och svettig panna, över gatan, där hon hoppade in i den första buss som kom. Knappt femton minuter senare klev hon av. Gick, likt en robot eller zombie träffad av de första regndropparna, mot polisstationens port. Där tvärstannade hon och vände sig om. Tog ett djupt andetag, varefter stoppade den första taxin hon såg och åkte tillbaka till sin lägenhet, utan minsta gest som skulle kunna förklara den abrupta beslutsförändringen. Då Ria kom fram stannade hon först några minuter utanför bostaden och lät det sparsamma sommarregnets stora, tunga, kalla och lata droppar falla på hennes nakna axlars och armars lena hud och disciplinera de kaotiska tankarna. Hon strök med fingrarna genom det blöta, bruna håret och gick långsamt in i lägenheten, föll ner i sin bekväma, mörkblå sammetssoffa, och brast i gråt, hejdlöst, men utan avsikt att alls stoppa de bittra tårarna. "Tar det aldrig slut?!" sa hon desperat och torkade tårar. Hon täckte vänstra ögat med handflatan och det blev mörkt för henne. "Räcker det inte nu?" frågade hon sig själv, torkade återigen tårarna och täckte vänsterögat. "Bara tomma, retoriska frågor i mörkret!" Bilder från de senaste tre åren som hon ägnat åt sin bok passerade revy. Ria tänkte på de oräkneliga, mest passande orden, som hon letat efter och valt ut. Hon tänkte också på alla otaliga, opassande ord hon använt och sedan valt bort; alla dessa raderade, överflödiga dialoger och hänvisningarna till dem. Hon tänkte på det borttagna onödiga filosoferande. Det som gjorde mest ont och ledde till ännu fler tårar var hennes minne av den skaparglädje hon

gått igenom, den extraordinära känslan hon
hade haft när hon äntligen höll det färdiga
manuset i sina händer. "Ska jag skriva om det på
nytt?" undrade hon högt. "Skaparglädjen? Nej!
Nej!" Det var dock ytterligare något värdefullt
hon upptäckt under den tiden, vilket hon inte
precis tänkt på nyss då hon legat och gråtit i
soffan, men något som hon ofta reflekterat över.
Det var den ökande inbillningsförmågans
tilldragande kraft, den starka lusten att behålla
sin fantasi till och med när man inte skriver: att
bygga sina egna alternativa världar med intriger
och paranoia som kännetecknar en spännande
berättelse. Det kunde visst kännas otäckt för en
utomstående, men det kändes inte så för
henne. För det hade sina rötter i något som
hänt sju år tidigare och som hon endast kunde
bekämpa med fantasi. "Somna, Ria! Somna nu!"
hörde hon sin egen röst, och inte långt efteråt,
då det började regna som mest intensivt, föll
hon i djup sömn. Att hon gjorde det så tidigt
kunde förklaras antingen som en flykt från den
uppenbart tråkiga händelsen eller som en
taktisk laddning inför en mödosam morgondag
som skulle vara ännu varmare och utan en enda
regndroppe. Eller kunde det helt enkelt vara

den kroppsliga utmattningen, förorsakad av den korta men intensiva ängsligheten som hon gått igenom. Det kunde till och med vara så att Rias förlust av det färdiga alstret var en obehaglig association till en mycket smärtsammare förlust i det nämnda förflutna. Vem vet vilken av dessa orsaker som var den avgörande? Det skulle hon själv ha svårt att förklara.

Den kommande varma och fuktiga tisdagsmorgonen skulle hon förstå att hon inte skulle kunna lösa problemet på egen hand. Hon skulle vara tvungen att rådfråga någon betydligt mer erfaren person om vad hon skulle ta sig till. (Det som hon också skulle förstå under samma dag skulle vara något väsentligare. Men det kan inte berättas nu utan senare när det blir som mest lämpligt.) Ria hade många bekanta vid denna tidpunkt men knappast några nära vänner. Därför var det förväntat att den enda personen som hon skulle kontakta var hennes landsman och gode vän, den arbetslöse, tankspridde och ibland slarvige men alltid till samtal villige professor Vasilije, kallad professor Vasco. Han var den ende som kunde bli imponerad av att se Rias färdigskrivna roman. (Det skulle faktiskt bli en person till –

14

och den personen kommer snart att dyka upp –
men denna person hade ingen vetskap om det
just vid den här tidpunkten.) Den sextionioårige
litteraturvetaren lärde hon känna knappt sju år
tidigare på ett fartyg, på väg mot det avlånga,
nordiska landet Sverige. Det var en dag när hon
måhända drömde om allt möjligt men inte om
att ägna sig åt det skönlitterära författandet. Det
var en dag när hon inte tänkte på att göra något
produktivt överhuvudtaget. Det var en dag när
hon lämnade en brutal, mardrömslik verklighet i
hopp om att rädda sitt liv och återfå hälsan och
se världen i en ny och vilsam verklighet. Det var
en dag när hon endast bad om en ny dag som
skulle likna den hon befunnit sig i. Det var en
sådan dag som sällan inträffar mer än en gång
i livet. Det var en dag när hon trodde att hon
skulle nöja sig genom hela livet med att bara
leva. "Det var en dag när jag trodde att jag
verkligen skulle känna så resten av mitt liv",
skrev hon i sitt anteckningsblock några år
senare. Men så småningom skulle det komma,
det underbara. "Skriv, Ria! Skriv! Skapa en
annan Ria, en som är allt som du inte är:
osårbar, sorglös, ständigt på väg mot ingenstans
… men den skrivande, den skapande Ria!" Först

på morgonen, efter att hon hade tagit sin ljusblå sommarklänning på sin tjugonioåriga kropp och ätit sin fruktyoghurt, blandat på egen hand med honung, skulle Ria, sittande på bussen, förstå att hennes vänskap med professor Vasco inte bara varit till för hennes nöjes skull utan också till hennes favör.

"Stackars professor Vasco! Stackars den unge Svemir!" Inne, på bussen, i den obekväma men ändå till reflekterande och reminiscens eggande kollektivtrafiken, där man får behovet att isolera sig från omgivningen uppfyllt, tänkte hon på professorns fruktlösa men envisa, mångåriga letande efter sin i kriget spårlöst försvunne son Svemir. Professor Vasco trodde aldrig att hans son stupat i kriget. Han visste att hans son var mer sammansatt än så. När han knappt ett år efter sonens försvinnande fick signaler i en dröm om att hans då tjugoårige son befunnit sig i det här landet förändrades allt. Starkt påverkad av drömmens vink om sin käre Svemirs livstecken packade doktorn Vasco sin stora resväska, tog ut alla sina blygsamma besparingar, och gav sig omedelbart iväg på en väldigt oviss och lång men förhoppningsfull resa. När Vasilije efter en utdragen färd med tåg äntligen tog fartyget till Sverige inledde han en innerlig vänskap med den unga, men fysiskt och mentalt uttömda, Ria. Det var en seriös, ung, kvinnlig person som kom fram till honom, där han stod på däcket och verkade försjunken i tankar. Hon undrade om de möjligtvis talade samma språk. Hans positiva svar gav henne mer av den välbehövda styrka som behövdes, på en oundviklig färd till ett tryggt land.

"Det är inte språket som är viktigt, Ria", erinrade hon sig att han sa till henne en gång, ett år efter den dagen.

"Vad är viktigt då, om inte språket?"

"Viljan till kommunikation!"

"Viljan till kommunikation?"

"Det är viljan till kommunikation som är viktig", sa han nickande och fortsatte: "Om det inte finns vilja till kommunikation, då spelar språket egentligen ingen roll! Eller: om det finns vilja till kommunikation spelar språket ingen roll.

Hon tittade på honom och sa: "Då spelar språket ingen roll i vilket fall som helst."

Han svarade kort: "Exakt!"

Då sa hon: "Då kan väl vår kommunikation lika

gärna likna pantomim? Som på pantomimteatern?"

Hans svar blev kort igen: "Visst! Om så behövs."

Då frågade hon: "Är det inte så att språket är det viktigaste? Är det inte så att i begynnelsen var ordet?"

Då förklarade professorn: "När språket blir det viktigaste då får vi bara illusion. Och tomhet."

Hon upprepade hans ord: "Illusion och tomhet"

Han bekräftade det och la till: "Illusion och tomhet – såväl i våra relationer som i samhället."

"Illusion? Liknar allt en inramad men tom tavla, då?"

Han bekräftade hennes undran: "Exakt! Det var en utmärkt liknelse!"

Då frågade hon med en sorgsen röst: "Om språket är tomhet, varför kan det ibland göra ont?"

Professorn tittade henne i ögonen och ställde en fråga: "Har du någon gång känt tomheten, Ria?"

"Ja, det har jag gjort."

Han ställde ytterligare en fråga: "Vad kände du då?"

"Smärta."

Då sa han: "Där ser du."

"Man lär sig så länge man lever."

Hans replik blev: "Bra uttryck! Mycket bättre än livstids lärande."

"Hur så? Vad är skillnaden?"

Då förklarade han: "Det första är allmän folkvisdom. Det andra är manipulation."

Ria sa lugnt: "Jag tror att jag förstår".

Vid ett annat tillfälle sa han: "Vet, du, Ria, vad skrämmer mig mest nuförtiden?"

Hon tittade undrande på honom.

"Kultur!" sa han och andades tungt ut.

"Varför, professorn? Är det inte just den som ni ägnat ert liv åt? Är det inte just den, kultur, som allt det här handlar om? Är det inte just kultur som närmar oss varandra?"

"Ja, det var det, tyvärr, som jag trodde på, men det blev inte så, utan tvärtom", svarade han. "Och nu inser jag att jag hamnat i en fälla. Att jag gjorde det för väldigt länge sedan. Och nu närmar jag mig livets slutskede utan möjlighet att bli av med den, fällan. Det är natur jag borde hålla mig till, då skulle det vara mycket annorlunda idag. Och det gjorde jag faktiskt i den första början. Olyckligtvis är det alltid någon som ställer fällor ut i naturen och i mitt fall lades i den kultur som ett välsmakande och väldoftande bete. Jag lät inte naturen, den spontana, att förändra mig i takt med min livserfarenhet, utan kulturen. Så jag blev som konstgjord, ofrivilligt avlägsnade jag mig från de mig allra käraste och de tog avsiktligt avstånd från mig"

Så talade professorn Vasco. Så skulle Ria minnas honom. Oftast var det bara han som förstod det han talade om, men det var roligt att lyssna på honom.

Den filosofiskt lagda mannen tog också på sig en faderlig roll i Rias liv. Å sin sida blev hon den enda personen i hans liv som kunde lyssna på hans utdragna och minutiösa utsvävningar om till synes alldeles marginella ämnen, och uppleva dem som både roliga, udda och kvicka. "Ria, varje gång du uppenbarar dig i min lägenhet upphör min glädjelösa dag!" brukade han säga vid hennes oftast oanmälda besök. Professor förmådde inte jobba med något konkret. Han var helt upptagen med att leta efter sin son. Rättare sagt var han allt mer upptagen av tanken att leta efter honom än han verkligen gjorde det. Ria förstod det och det var ytterst naturligt för henne att hans verbala urladdningar ideligen kunde ta former av ovanligt långa och bistra eller udda monologer, där professorn kunde hänvisa till fängslande kopplingar mellan företeelser, på ett sätt som hon aldrig skulle kunna komma på. Nu, när hon satt på bussen, erkände hon honom som en stor inspiration till sitt författarskap. När hon ibland upplevde sitt skrivande som en ren absurditet, gjorde professorn sådana uttalanden, som fick henne att inse hur allt som kunde uppfattats av en som meningslöst, kunde anses som något alldeles rimligt av en annan. Under några sekunder drogs hennes uppmärksamhet till en passagerare som diskret men ganska noga betraktade hennes ben. Det hade hon inget emot, hennes ben var långa och vackra. Hennes självkänsla förstärktes vid sådana tillfällen. En gång i tiden, när hon hade sett sig själv som så gott som perfekt, betydde det ingenting för henne. Nu när hon däremot var, enligt henne själv, långt ifrån fulländad, betydde det mycket och hon var medvetet om det. Hon försökte justera sina glasögon men insåg att hon glömt dem hemma. Ria slutade att tänka på sin bensmygittande beundrare och kunde återigen ägna tankarna åt professorn Vasco, men blev distraherad igen av en medelålders man som bad om att få hennes sittplats. Mannens skrattretande långa ögonbryn vilade på hans panna som två solfjädrar. När hon frågade varför han behövde sittplatsen svarade han att hans far dött och att han inte mådde bra. Efter att han slagit sig ned frågade Ria honom när det hänt. Då svarade mannen att det skedde för tjugo

år sedan. Ria skrattade med blicken på hans
ögonbryn. När hon steg av bussen kunde hon än
en gång erkänna för sig själv att professor Vasco
var en oskattbar källa till hennes skapande, att
deras kamratskap faktiskt hela tiden var till hennes
nytta, inte bara till nöje, och att hon väldigt
effektivt kunde nyttja detta faktum. I sin korta
berättelse *I den olagliga samlarens tjänst – en fiktiv
version av professorn Vascos försvunne son* skrev hon
sin uppdiktade berättelse om den försvunne
Svemirs liv. Hon kunde inte hjälpa professorn att
hitta sin son och hon trodde faktiskt inte att han
var i livet. Berättelsen skrev hon som en önskan till
att professor Vascos son levde. Det var ett oavslutat
första utkast. Helt enkelt för att hon inte kunde
avsluta det. Hon kunde inte komma på något
trovärdigt slut eftersom berättelsen kändes avslutad.
- pojken är där nu och allt annat är irrelevant.
Samtidigt fattades något som hon inte kunnat
komma på. Vad betydde det trovärdiga slutet i det
konkreta fallet för henne? Hon anade att det
kunde vara det minimala hon kunde relatera till,
det minimala hon kunde identifiera sig med. Men
vad? Hon förträngde frågan för närvarande. Hon
skrev berättelsen utan avsikt att någonsin visa den
för professorn. Det var inte på grund av risken att

han skulle ta det som ett osmakligt skämt utan av oro att han skulle ta det på allvar och, i sin desperation och förlamning, få en falsk förhoppning om sonens återkomst.

I den olagliga samlarens tjänst – en fiktiv version av professorn Vascos försvunne son

Kapitel I

Sonen hette Svemir – också Petter, Marco, Gunnar, Pablo, Emir, Jean, Johan, Ivan och så vidare – och hade redan varit försvunnen en lång tid. Åren hade gått, otaliga årstider, och det gick inget vidare för honom. Han försökte med allt och allt förblev resultatlöst. I många länder bodde han, ännu fler passerade. Han flyttade från den ena staden till den andra. Solen sken, det regnade, det snöade, vindarna blåste och det svarta molnet flög oavbrutet ovanför hans huvud. Han åt i dag för i morgon. Han åt i morgon för någon dag som skulle komma. Han skaffade sig vinterskor först när vintern hade passerat. På somrarna vågade han inte slänga sin gamla slitna kavaj för det var osäkert om han skulle kunna hinna hitta en mindre sliten innan nästa vinter kommit. Han kunde åtminstone använda sina solglasögon, lika effektivt på somrarna som under de snörika vintrarna; de kunde rädda honom från att bli igenkänd av sin far som letat efter honom tvärs över ett land; han kunde inte vara säker på vilket. Han ville inte bli uppfattad som den försvunne eller förtappade utan som den döde sonen. Han kände sig i själva verket inte levande och genom denna känsla underlättade han sitt svåra läge: han var en död människa och ingenting kunde hända honom. De döda är osårbara, tänkte han på detta vis en dag när skymningsdunklet börjat tätna, när drygt sju år hade gått och han, efter regn, satt på en parkbänk i en okänd stad och andades den friska luften. På samma bänk satt en man som var iklädd en lång, mörkgrå kappa och på huvudet hade en mörkgrå hatt. Hans klädsel gav intryck av att han var äldre än vad ansiktet avslöjade. I händerna höll han en liten staty, vred och vände på den, tittade uppskakande och nickande mot den, medan ett fridfullt leende vilade på hans läppar. Mannen uttalade inte ett enda ord men hans överdrivna handrörelser och utdragna och invariabla leende pekade mot en tydlig avsikt att dra till sig Svemirs uppmärksamhet. Å sin sida smygtittade Svemir på honom och det kunde mannen förmodligen inte se. Med hänsyn till Svemirs dåvarande sinnesstämning, som i all korthet kunde beskrivas som frustrerande, kunde mannens karikerande gestikulerande knappast uppfattas som intresseväckande för honom, ännu mindre uppmanande till något samtal. I själva verket kände Svemir sig störd av denne mans närvaro och han hoppades att den lustige och irriterande herrn snart skulle ge sig av och inte ytterligare uppta bänkens andra halva, för han ville ta en välbehövlig tupplur. För att få honom att gå därifrån började Svemir stirra mot hattmannen med en om inte hotfull så i alla fall ovänlig attityd, men det hade ingen effekt. Eller det gjorde ändå sitt till, eftersom den okände plötsligt vände huvudet mot honom och sa utan att använda sig av den sedvanliga inledningen:

"Du ser något annorlunda ut och jag är i hög grad intresserad av din åsikt om folk du träffat tills nu."

"Det var rak på sak."

"Hos mig händer sällan något av en slump och från och med nu är det en stor sannolikhet att det kommer att gälla även dig."

"De har varit klokare än jag i alla fall", svarade Svemir men en svag stämma, vände huvudet bort från mannen och tittade ner mot marken.

"Jaså? Hur menar du?" sa mannen och vände nu kroppen mot honom.

"De kan behärska sina impulser och förmår behålla sina åsikter för sig själva, även då de har mycket de skulle vilja säga."

"Är det kanske inte så att de inte har något att säga och bara låtsas behärska sig?"

"Kanske är det så, men det är inte mitt intryck."

"Eller är det kanske så att du lärt dig mycket av dem och nu vill behålla dina åsikter för dig själv? Att du blivit klokare? Det blir vi ju alla med tiden, eller hur"

Svemir tänkte svara något i stil med att han dessvärre inte lärt sig så mycket på sistone när det dök upp en annan mansperson och samtalet avbröts. Den nykomne såg något äldre ut än hattmannen, dock en aning modernare klädd. På sig hade han en lång och tunn, svart kavaj. Den var oknäppt, under den kunde skymtas en tjock, ketchupfärgad skjorta. Svemir önskade sig sådana kläder. Mannen på bänken reste sig upp, tog upp en påse ur kavajfickan, stoppade i den lilla statyn och överlämnade påsen med innehåll till den svartklädde. Det verkade som om han visade en diskret respekt för den nykomne. De talade viskande med varandra en stund. När den nykomne äntligen var på väg därifrån sa den andre att han skulle stanna kvar och visade snabbt med tummen i Svemirs riktning. Den svartklädde gick sin väg och hattmannen satte sig på bänken igen och nickade mot den avgående. Därefter vände han sig långsamt mot Svemir och sa med nästan medlidsam röst:

"Går det ingen vidare för dig, min unge man?"

"Nej, det gör det inte."

"Det kan bli bättre från och med i dag. Och det beror mycket på dig."

"Jag har svårt att hoppas på något sådant, speciellt om det beror på mig."

"Du behövs!"

"Behövs jag?"

"Ja, det gör du."

"Verkligen?"

"Tro på mig!"

Okej då."

"Och om man gör det, behövs, då ska man tro på att det beror på en."

Svemir kastade en vass blick mot mannen och sa sedan, med ett blekt leende men utan bitterhet i rösten:

"Det har jag inte gjort på länge."

"Det kan jag tänka mig. Det kan jag tänka mig. Såg du förresten den lilla statyn jag höll i händerna nyss? Säg bara inte att du inte gjort

det, det går inte att låtsas med mig."

"Ja, det gjorde jag."

"Den kommer att ge mig levebröd resten av året. Kan du förstå det? Och vi är nu i mitten av september, det är drygt tre månader, min unge man! Jag behöver inte stressa utan ta det lugnt innan jag kommer till en ny fynd. Finns det ingen brådska då görs jobbet utan en enda miss. Kan du förstå det?"

"Var den dyr?"

"Det vet jag faktiskt inte och jag ger blanka fan i det! Men den betalade bra, min unge man! Väldigt bra!"

"Hur kommer man åt sådana föremål?" undrade Svemir.

"Inte så lätt, inte så lätt, men det räcker om man kommer åt två, eventuellt tre sådana om året - jag har inget emot, fyra eller fem! - för att prinsen blir nöjd! Om prinsen är nöjd då är alla nöjda. Ha, ha, ha!"

"Prinsen?"

"Ja, prinsen, prinsen!

"Vilken prins?"

"Den dagen den sorgen, min yngling!"

"Och var finns jag i allt detta?"

"Om du vill bli en del av det behöver du en kort

introduktion till arbetet. Men först ska du lyssna till en kort bakgrund om den här verksamheten. Du kommer att få höra en väldigt rolig historia nu."

"En rolig historia var det sista jag önskade mig men okej ..."

"Om du är beredd att höra det jag tänker berätta om för dig, och det tycks mig så,", avbröt mannen honom, "då ska du veta att det inte går att tacka nej till detta jobb efteråt. Under inga omständigheter! Har du förstått mig rätt, unge man?"

Svemir nickade.

Mannen krokade fingrarna och sa: "Bra!"

2.

Med sådana tankar och minnen, som färgades av ett lindrigare inslag av samvetskval, kom Ria fram till professorns dörr och började ringa på den. När hon insåg, efter att hon ringt på dörren i tre minuter, att han förmodligen inte var hemma, tog hon desperat i dörrhandtaget. Till hennes häpnad öppnades dörren – professor Vascos lägenhetsdörr hade aldrig varit olåst. Under några ögonblick stod hon tvekande på tröskeln hårt hållande i handtaget. Med en mörk föraning gick hon in i lägenheten och nästan svimmade när hon såg den sextioåriga mannens livlösa kropp sittande i den för henne alltför välbekanta svarta fåtöljen. Hans ögon var öppna, munnen likaså, och det rådde inga tvivel om att professorn var död. Efter att Ria hade lyckats återhämta sig från den första chocken såg hon en liten, mörkfärgad flaska på vardagsrumsbordet. Hon tog den i handen, den var öppen och såg att den var tom. Det var ett klart tecken på att hennes käre vän hade tagit livet av sig genom att dricka giftet i den kusliga flaskan, vilket under andra omständigheter inte skulle ha förvånat henne, eftersom hennes vän föraktade såväl livet som döden. Samtidigt genomborrade nu blixtsnabba misstankar om det märkvärdiga sammanträffandet mellan professorns självmord och försvinnandet av hennes roman den unga romanförfattarinnas huvud. Nej, nej, det behövs mycket oaktsamhet och fantasilöshet för att inte få misstankar om sambandet mellan de två händelserna, tänkte den nyblivna belletrisen Ria, uppfylld av en hop negativa känslor och tankar. Först befarade hon, när hon såg ett löst pappersblad på bordet, att hennes gårdagens struliga liv skulle få ännu mer invecklade former. Sedan - hon kände igen sin väns handstil -, började hon febrilt läsa den tätt skrivna texten med en starkt obehaglig känsla av den avlidens närvaro men samtidigt en spänd förväntan på lösningen av det mardrömslika hon hamnat i.

"För att få tiden att gå inbillar jag mig för en stund att jag tar del i ett samtal som pågår i min omedelbara närhet och med en fullständigt hänsynslös inställning mot alla innerliga uttalanden om promenadens nytta och nöje yttrar några irriterade kommentarer om den och dennes prisade egenskaper och det gör jag på ett sätt som inte skulle kräva vare sig någon särskild observationsförmåga eller skarp synförmåga. Jag lägger märke till att mina samtalspartner bleknar, det sedvanliga fysiska avståndet som brukas upprätthållas vid ett spontant gruppsamtal mellan stående personer på en allmän plats ökar men blir inte det minsta oroad över hur min roll i samtalet utvecklats utan fortsätter låtsat flammande yttra mig om ämnet i fråga, som om det handlar om något av yttersta vikt. Då hoppas jag att mina ord når fram till lyssnarnas öron när jag säger att jag föredrar den aktiva orörligheten framför den sterila promenaden och en rimlig livslängd framför en sköldpaddas livslängd, trots mitt varma intresse och min sympati för det jättefina djuret. Samtidigt känner jag att min låtsade låga blir allt verkligare, på ett sjukligt vis, om inte ordet vansinnigt är mer passande; hjärtat slår allt snabbare och lungorna arbetar under allt större svårighet. Trots detta fortsätter jag envist formulera mina åsikter som exempelvis att promenaden enbart bidrar till egoism, vilket är en motsats till hävdandet att den gynnar hennes

egenart; har den promenerande dessutom
sällskap av en hund ska denne inte inbilla sig att
det sker i förening med naturen utan se på det
som ännu ett tecken på det egoistiska, vilket kan
förklaras som en halvt medveten flykt från folk
som inte vill vare sig lyssna eller vara närstående
som den stackars, förnedrande hunden; ja, att
ha en eller flera hundar till hands är den vanliga
människans enda sätt att visa sin makt över
någon eller något; på så vis hamnar talet om
kärleken på andra plats, på så vis hamnar pratet
om promenadens romantiska drag på andra
plats, på så vis hamnar själva promenaden på
andra plats. Snart tappar jag intresse för vidare
utveckling av mitt resonemang och innan jag
slutar tala tillägger jag bara parentetiskt att
promenaden hör till den själviska, inte till den
romantiska människan".

Mitt i sorgen och besvikelsen var nu Ria på väg
att få ett häftigt vredesutbrott. Den intetsägande
texten kunde hon inte uppleva som något annat
än ett osmakligt och illvilligt förlöjligande av
hela hennes fysiska och mentala integritet, en
underskattning av hennes intelligens. Just då
fick hon syn på några få ord skrivna längst ner

på samma sida, vilka väckte hennes beaktande och tonade ner vredeskänslan. Dessa ord var skrivna med ännu mindre bokstäver, med en annan penna och med liknande men absolut inte samma handstil. I dessa ord, som väldigt lätt kunde ses som två versrader hämtade ur en dikt, såg hon spår av hopp, en gåta som borde dechiffreras. Å ena sidan uppfattade hon dem som skrivna av någon som skulle ha mycket att förklara. Å den andra sidan var innehållet uppfyllt av något som ropade efter att få bli närmare undersökt. Hon kände sig eggad att på egen hand lösa den uppstådda komplikationen. Hon tog det för henne avgörande papperet, vek det, stoppade det i handväskan och kastade en lång blick på den avlidne professorn. Hon granskade hans intelligenta panna. Den såg bekymmerslös och ganska ung ut. Den öppna munnen gav inget intryck av skräck utan var snarare formad i ett milt leende. Hans öppna men släckta ögon verkade vilja behålla en förbleknad men i minnet återkallad yster barndomsbild. Hakan såg intensivt maskulin ut. Hon orkade varken längre titta på, eller närvara vid, professorn livlösa kropp. Knappt en minut senare lämnade hon hans lägenhet, sakta gående nerför trapporna, rädd för att bli sedd av grannarna, trots sin fulla medvetenhet om att hon inte hade någon anledning att vara rädd. Där ute på den ljusa och välskötta gatan upprepade hon för sig själv de för en liten stund sedan lästa, gåtfulla orden: "Jag förstod att jag gick därifrån till ingenstans". Då flöt en blixtsnabb tanke på professorns försvunne son igenom Rias huvud. Hon slog sig med vänstra handflatan mot pannan och skrek åt sig själv: "Intetsägande text?! Två gåtfulla versrader?! Du, dumma, empatilösa Ria! Kunde du inte på en gång förstå att professor Vasco betraktade saker och ting omkring sig som obetydliga, att han var ironisk och sarkastisk! Att han pendlade mellan deprimerande allvar och bitter lekfullhet. Kunde du inte förstå att det enda viktiga för honom var hans son? Kunde du inte förstå att han förstod att han kommit hit förgäves? Hans livsgnista, hans livslust försvann då han slutligen förstod sitt livs meningslöshet. Meningslöshet och meningslöshet – kanske fel ord – vem vet vad livsmeningsfullhet är. Snarare tyckte han att han inte behövdes mer här, att det var tid att kliva av, att tomheten var det enda han känt, tänkte hon när hon lyckats lugna sig.

Tänkte han med sitt huvud när han tog livet av sig? undrade Ria vidare. "Tänk med ditt eget huvud, Ria", brukade professorn säga till henne. En gång fick hon höra hur fel det kunde gå när man blint tog till sig råd och rekommendationer. Professor Vasco berättade för henne en kort historia ur romanen *Kazarisk uppslagsbok*, skriven av den serbiske författaren Milorad Pavić, om en ung medeltidsmunk Longin, som full av iver ville se det ickeåldrande ljuset. Han hörde talas om ett berömt helgon som i sin levnadsteckning skrivit om att han fick se ett sådant ljus genom fastan. Då beställde den unge munken levnadsteckningens avskrivning av en skrivkunnig, som i sin tur – för den personen fick lust att göra förändringar i de ursprungliga texterna – förändrade fem fastande dagar till femtio. Longin påbörjade sin stora fasta redan dagen efter att han läst levnadsteckningen, men dog precis när de femtio fastande dagarna hade gått ut. "Tänkte professorn med sitt huvud när han tog sitt liv?" undrade hon högt. "Jag vill tro att han gjorde det, för mycket".

I den olagliga samlarens tjänst – en fiktiv version av professorn Vascos försvunne son

Kapitel II

Då började den okände berätta om en ung rikemans besynnerliga idé.

"Det hände för trettio år sedan. Han är prins, inte kronprins, men ändå en prins. Han längtar efter en hemlighet som kan göra honom extraordinär i hans egna ögon. Det räcker inte med att bara vara prins, att dricka dyra, starka drycker, äta den finaste maten, att vara på världsresor, att le och vinka på välgörenhets galor. Att vara bara prins känns bittert för honom. Han har, något som känns lika bittert, ingen idé om hur han ska hitta på något riktigt originellt, något mörkt som ska ge ljus åt hans liv; något som ska hålla honom i balans, på gränsen mellan det behagliga och det obehagliga, mellan det lugna och det spända. Då kommer det äntligen en dag, som visar sig vara inledningen till det stora, exceptionella, en konstutställning, som äger rum under hans kusins, en gammal prinsessas, anordning. Prinsen flyger dit, likgiltig som han är,

träffar sin gamla kusin som presenterar honom
för sin favoritkonstnärinna som i sin tur fattar
tycke för prinsen och bjuder honom hem till sig.
Där visar hon för honom bland annat några av
sina nyligen gjorda målningar, vilka hon inte än
vill ställa ut. Därefter hamnar de i målarinnans
bekväma säng. Nästa kväll tar sig prinsen in i
hennes hus och tar en av dessa anonyma tavlor;
förmodligen den bästa eftersom han blir tvungen
att trösta den mycket uppskakade konstnärinnan
praktiskt taget hela nästföljande dag. Samma
kväll, således dagen efter att han stulit tavlan,
återvänder prinsen till sitt hemland och de
närmaste dagarna tillbringar han på landet, där
han renoverar ett av sina nästan glömda och
förfallna hus som låg på en ganska avlägsen plats,
något han gör för sin egen märkliga idés skull,
för dess förkroppsligande så att säga. Den där
tavlan blir det första, aldrig offentliggjorda
konstalstret, i hans planerade hemliga och
olagliga kollektion. På liknade sätt lyckas han
skaffa sig ytterligare några konstverk på relativt
kort tid: ett musikstycke, ett par filmmanus,
några skulpturer och några av Villers lysande
gobelänger. Ju större hans samling blir, desto mer
förtjust blir han i den och sitt företag. Han tycker

alltmer om att tillbringa tiden bland dessa värdefulla föremål och allt mindre om att själv leta efter de nya. Därför bestämmer han sig för att hitta några skickliga personer som, mot betalning, ska utföra jobbet åt honom. Dessa personer får i sin tur välja som mest två assistenter. Jag utvaldes för fem år sedan, på nästan samma sätt som du nu, och det gick bra för mig. Väldigt snabbt gick det bra för mig måste jag erkänna, jag hittade liksom mitt livskall."

Mannen tog en liten paus i berättandet och fortsatte sedan: "Nu blir jag bara äldre och långsammare och behöver en duktig, snabb och kvicktänkt och lovande ersättare. Du ska alltså fortsätta mitt jobb och överlämna dina fynd till mannen du såg alldeles nyss. Han, och bara han, har direktkontakt med prinsen. Ja, ja, du förstår rätt, prinsen har jag aldrig sett. Konstigt nog har jag aldrig haft någon speciell önskan att göra det heller."

"Det är fantastiskt!" sa Svemir.

"Ja, det är det faktiskt."

Svemir förstod att han inte uppfattat honom rätt och sa: "Att belysa sitt liv med mörker!"

"Vad?"

"Det uttrycket gillar jag!"

”Aha! Uttrycket har jag själv kommit på”, sa hattmannen, stolt över sig själv.

”Det låter poetiskt och lockande.”

”Lockande är det i alla fall. Estetik! Det är estetik som ska det konstnärliga handla om, det är estetik som ska väcka känslor, förföra, upplyfta har jag lärt mig genom alla dessa år jag blivit i kontakt med och jobbat för prinsen. Ett på estetik fokuserat verk ger ett hundra gånger mer än det gör på innehåll”.

”Måste det verkligen vara bara outgivna och inte utställda föremål? Vari ligger egentligen skillnaden?”

”Ja, det måste de vara eftersom det gör en väsentlig skillnad”, svarade mannen.

”Men varför? Vad är skillnaden?” frågade Svemir med viss irritation. ”Kan det förklaras för mig här, här och nu?”

”Här kommer en förklaring som jag faktiskt inte hade för avsikt att ge dig, för den borde vara en självklarhet: Stjäl man en tavla eller en skulptur efter dess offentliggörande, då vet alla hur den ser ut och börjar följaktligen leta efter föremålet när det försvunnit, och då blir risken större för oss att bli avslöjad. Det handlar om originalet, reproduktioner är värdelösa eller av *väsentligt mindre värde. En roman, ett musikstycke, en pjäs eller ett filmmanus går det bara att stjäla innan det blir utgivet; i det motsatta fallet blir de kopierade, det vill säga tryckta i hundratals, kanske i miljontals exemplar, sålunda tillgängliga för alla – intresse för originalet finns inte, originalet upplöses helt enkelt. Vem bryr sig då om originalet? Fast det kan just på grund av det uppstå problem. Konstnärer och de andra kreativa personer brukar ha kopior av sina texter och vi ibland misslyckas med vårt företag, det gäller att vara snabb, att reagera i tid, men framförallt att få information i rätt tid. Dina två medarbetare, samarbetare, kalla dem som du vill, ska fokusera på det och sedan är det du som utför jobbet. Det kan tyckas att de är överordnade dig, men nej! Det är du som leder, det är du som har sista ordet. Det har hänt att vi varit tvungna att slänga några pjäser, musikstycken eller romaner och det var jag som fick "löneavdrag". Därför är mitt råd till dig att fokusera mest på tavlor eller statyeter eller statyer. Nu har du fått din förklaring. Enkelt, eller hur?"*

"Ja… men jag har aldrig behövt tänka på det ."

"Jag förstår det. Från och med nu behöver du däremot göra det."

"Nu förstår jag det."

"Säkert?

"Säkert!

"Bra!" sa mannen.

Svemir nickade.

"Bra?" upprepade mannen en gång till ordet bra fast som en fråga den här gången och sträckte handen mot Svemir.

"Bra!" svarade Svemir och skakade hand med honom.

(Blir det Kap.III återstår att se)

Du, Nenad

1.

Året är ... ja, i alla fall är det början på 2000-talet, eller är det ett, två år tidigare? Det är en regnig och ganska varm fredagskväll i augusti och du går in i på din favoritkrog. Där inne träffar du en vän till dig, som sitter och dricker sin öl. När han ser dig beställer han gladeligen två till. Du själv är inte mindre glad, för de nästföljande timmarna blir du befriad från alla onödiga banaliteter, för en ström av ord och skratt kommer att flöda. Du vet att det är en speciell kväll för dig och är betydligt mer euforisk än du brukar vara vid sådana tillfällen. Ni diskuterar sport, nyheter, kvinnor och massor av andra ämnen medan ni dricker och lyssnar på musik via en gammal men välfungerande jukebox. Just nu hör du: *Veronika, Veronika, var är din blåa hatt?* Ni kastar då och då blickar omkring er, i den övriga lokalen, och slänger fram korta kommentarer om alla dessa mer eller mindre vackra trettioåriga och fyrtioåriga kvinnor som plötsligt dyker upp och försvinner med sina drinkar, för att sedan dyka upp igen. Visst är sällan några av dessa ansikten

obekanta för er, för ni är här varje fredagskväll –
du är faktiskt mycket oftare här. Det händer att
ni ibland utbyter några hälsningsfraser med de
mest välbekanta, skålar eller bjuder, eller blir
bjudna på någon drink. Men ni håller er mest
för er själva, annars skulle ni ta risken att bli
uttråkade av somliga. Det kan också inträffa
något oförutsägbart, som att någon får en lättare
hjärtattack och efter en snabb ambulanshjälp på
plats fortsätter ha roligt inte långt efteråt, eller
att någon tar in en stor orm, oerhört vacker och
skrämmande, och du blir obeskrivligt förskräckt
och ångrar att du överhuvudtaget kommit hit
just den här kvällen eller eftermiddagen; eller
att någon kommer in komisk utklädd till
någon historisk person och drar till sig
skrattsalvor i någon minut och sedan smälter in
och blir glömd. Dock har allt detta sporadisk
betydelse och en alldeles kortvarig effekt på dig
och din kamrat. *Veronika, Veronika, var är din
blåa hatt?* Din vän Fabian är fyrtiotre år gammal
– fyra år äldre än du. Han livnär sig på
varmkorvförsäljning, är gift, har två små flickor
och är inte mindre nöjd med sitt liv än någon
annan. Han dricker sin öl så händigt att han
aldrig behöver torka bort ölskum från sina

mustascher. Han spelar bordtennis förbluffande bra, men hans lust att spela har minskat på sistone. Numera spelar han mål- och stryktips med sådan glöd att du också blivit allt mer intresserad av denna spännande och hoppingivande aktivitet, men ändå aldrig kommer att spela den. Just nu pratar ni inte om spel utan om att du vill veta orsaken till hans plötsliga försvinnande från krogen senast ni var här. Då förklarar han att han hade glömt att låsa kiosken och undrar samtidigt om han inte sagt det till dig då. Du svarar att du faktiskt inte minns, men att det är tänkbart att du inte hört, eller möjligen att du glömt det, fast du hör till, vilket han vet, dem som har ovanligt bra minne och är stolt över detta faktum. Då påminner han dig om att du börjat dricka allt mer på sista tiden, att han hört att du egentligen är här hela dagarna, och att det är tecken på att du borde varva ner lite grann och tänka över dina spritvanor. Du skrattar ljudlöst en kort eller något längre stund. Sedan tömmer du glaset och ger tecken åt kyparen att hämta ytterligare två öl. *Veronika, Veronika, var är din blåa hatt?* "Kalla! Kalla!" tillägger du ropande och lägger märke till en förtidigt fysiskt förfallen medelålderskvinna, som sitter ensam vid ett litet bord närmast krogens utgång, småleende och med blicken riktad mot dig och din vän. Du sänker omedelbart blicken och låtsas göra dig upptagen i samtal med Fabian, men han tittar vänligt tillbaka på kvinnan som verkar ha för avsikt att resa sig och komma och göra er sällskap. I ett försök att förstärka intrycket om att ni är upptagna frågar du Fabian om han hört vitsen om Oidipus och Sisyfos, som du hörde från din bästa vän för drygt tio år sedan och som han alltid hävdat att han själv kommit på.

”Nej, berätta den för mig!”

Guantanamera, guajira Guantanamera kommer det från jukeboxen nu.

”Oidipus råkar Sisyfos en vacker dag. Först betraktar han honom ett bra tag och säger sedan: ´Du, Sisyfos, jag har hört mycket om dig tidigare men aldrig trott att det var sant. Jag trodde att folk hade för avsikt att förmedla ett speciellt budskap genom en blott påhittad berättelse om dig. Nu ser jag att det är sant och undrar varför du gör det. Du rullade nyss den här stenen upp till bergstoppen och så fort du nådde dit, rullade stenen tillbaka till bergsfoten. Sedan rullade du upp den och då hände samma sak igen. Och det absurda verkar komma att fortsätta under lång tid framöver. Vad är meningen med detta, Sisyfos? Varför gör du det, min lille vän?´ Först tittade den andfådde och svettige Sisyfos nervöst på Oidipus i några ögonblick och därefter svarade han ganska lugnt: ´Du, Oidipus, gå och knulla din egen mor!"´

Fabian säger skrattande: "Ha, ha, ha! Det var bra! Det var länge sedan jag hört en så bra vits! Den måste jag berätta för någon i morgon. Ha, ha, ha!"

Då säger du: "Tänk dig att min bästa vän kommit på den för drygt tio år sedan. Jag säger det med reservationen att den måste han ha hört av någon!"

Och han: "Varför?"

Och du: "Annars skulle det vara så att jag hört en vits från dess ursprunglige skapare för första gången i mitt liv. Och det var kanske sista gången jag gjorde det. Dessutom har jag aldrig träffat någon som hört en vits i första hand."

"Ja, faktiskt! Jag har aldrig tänkt på det, men nu när du säger det; det har jag heller aldrig gjort. Vilka människor är det som har hittat på alla dessa vitsar som vi vuxit upp med?

Det är orättvist mot dem, de borde också berömmas. Vitsar underhåller oss och de är riktig konst, eller hur?"

"Jag håller med dig, tänk dig att samla alla dessa i en bok!"

"Det är som med ditt folks hjältevisor, eller hur?"

"Ja, då får folket beröm, eller hur?" säger du och ser att kvinnan ändå närmar sig med sin långa kropp, sitt långa hår och hängande mage. Hon frågar om det är ledigt. Fabian svarar jakande. Du nickar. Hon sätter sig vid ert bord, justerar snabbt sin oknäppta, brokiga och slitna skjorta, börjar titta med sina snälla, eller rättare sagt kärleksfulla, ögon mot dig. Du blir för en kort stund distraherad av att kyparen ställer en ölflaska, som Fabian beställt åt henne, på bordet. Du ser och hör hur hon försöker berätta något för er, men problemet är bara att hon inte förmår skapa den rätta ordningen i sin berättelse, delvis på grund av spritpåverkan, delvis på grund av annat. Lyckligtvis gör ett par ölklunkar att hon mäktar samla alla sina kvarvarande intellektuella krafter och säga att du påminner henne om hennes före detta make. Därefter frågar hon om du tillhör hans nationalitet

och när du förnekar det börjar hon berätta om
sitt liv med honom. Nu får ni tillfället att höra
en episod från hennes äktenskapliga liv, om
några minnesvärda semesterdagar någonstans
vid Adriatiska havet. Men du lyssnar inte, du
säger: "Vi ses! Vi ses!" Det säger du fullt
medvetet och skulle kunna förklara exakt vad
du menar med det om någon frågar dig. Men
ingen gör det. Du tittar på din vän som utrycker
sitt beklagande över att du tackat nej till
kvinnans erbjudande till dans. Du lyckas inte
behålla din missnöjda min och exploderar i ett
euforiskt skratt, vilket bara bidrar till att ni
fortsätter med ert sittande och drickande. Ni
beställer två pizzor och hamnar som vanligt i
era nostalgiska berättelser om tiden som flytt
och ett land som försvunnit och som (kanske!)
aldrig kommer att återfinnas på jordklotet. Helt
oväntat uppstår en tystnad i lokalen. Det är
svårt att avgöra om den är verklig eller något du
bara inbillar dig medan du följer den blåa eller
rättare sagt brokiga röken som omsluter dig och
murar upp en självständig enhet bara för dig. I
en sådan enhet skapar du din egen tid och plats
där du kan göra jämförelser med några få ord
placerade i en parentes, försäkrade av den

obehagliga kontexten, och sedan utklippta och ditklistrade för några ögonblick i ett annat sammanhang. Där skriker, skrattar, gråter, älskar, hatar, äter, dricker och kysser du på ditt gamlas jag vanliga sätt. Där känner du livet och lever det fullt ut. Där är livet inte som en dröm som består av spekulationer, konstruktioner och metafysik, utan det förkroppsligade gamla goda förflutna. Lika oväntat försvinner parentesen och du ser ditt ansikte i spegeln. Det är förstenat, utan tårar; och du känner ingen lättnad efter att ditt inbillade gråtet upphört. Samtidigt återvänder oväsendet till dina för några sekunder bedövade öron. Allt är som tidigare nu. Det är bara gästantalet som ökat; några av dem dansar. Det är till och med så att någon vill dansa med dig, men du säger att du inte kan dansa. Och det kan du verkligen inte, vilket gör det lättare för dig. "Dansa kan jag inte."

"Men det kan jag", säger Fabian.

Lyckligtvis kan din vän göra det och du blir lämnad i fred och blir underbart full. Så underbart full att du alldeles bekymmerslöst kan återvända till din parentes och fortsätta gråta där, fortsätta att vara nostalgisk, poetisk och patetisk. Du kan fritt vara arg, du kan äntligen anklaga andra eller dig själv för din berövade mogenhet, din halvvuxenhet, din försvagade självsäkerhet och din hotade stolthet, samt din bristande tapperhet, och allt annat du inte kunde uppskatta förrän du förlorade det. Du, som vill tro att allt det här bara är en tillfällig mardröm, flyr till en fest och frälsande gråtande. Ändå känner du dig ofta så kluven. Å ena sidan vill du gärna se dig som en påläst, tänkande människa, och å andra sidan ser du dig som en hämmad varelse. Du har aldrig hunnit göra något ordentligt: just när du tror att du har lärt dig något visar det sig vara felaktigt och du blir tvungen att abrupt lämna det och lära dig något helt annat och när du blir förtrogen med det nya blir det också felaktigt. Du har börjat förstå att du måste lära dig under hela livet och att du aldrig kommer att åstadkomma något. Du gråter och klagar på att någon eller något leker med dig hela tiden och du frågar dig själv om du existerar på riktigt, eller om din egen vilja bara är en illusion. Besitter jag en egen vilja? Eller är jag bara viljelös? Det är väl detsamma? Nej, det är det inte! Ja, du vet att du saknar viljan att använda din vilja. Du sitter orörlig och låter tidsfloden bära dig mot ingenstans. Att minnas är din enda aktivitet. Du minns en annan tid och en annan plats, en lokal som kan likna den här men som ändå skiljer sig från denna, i minst ett avseende: Den var långtifrån enformig; den fylldes av såväl jurister, läkare och lärare, som studerande, byggarbetare, försäljare, målare, barberare, svetsare, taxiförare och arbetslösa. Du minns att du inte tänkte på det då, för då tog du det för givet. <u>Nu</u> inser du dess rätta värde. Som det alltid brukar vara är det lätt att vara efterklok. Där hördes alla röster, artikulerade och oartikulerade, där diskuterades allt från mikrokosmos till makrokosmos, allt mellan himmel och jord. Där rådde fullkomligt kaos och de sällsamma sammanstötningarna kunde lösas av sig själva eller med hjälp av enbart lite god vilja på nolltid. Det var den fullkomliga frihetens plats och du vet nu att det aldrig kommer att vara som det en gång varit, att den där platsen aldrig kommer att återuppstå och du … du vet att du pudrar det förflutna en smula. Nej, du tycker inte att du gör det. Snarare undrar du om all detta överhuvudtaget är viktigt: nostalgin, lärandet, de försvunna och svunna vänskaperna och drömmen om friheten?

Skulle inte allt raderas för gott? Då dyker demonen upp.

2.

Det påbörjade samtalet sker i fullständigt mörker. Det liknar ett radiodrama som du både lyssnar på och själv agerar i. Du ser inte hur demonen vänligt ler mot dig och på så vis försöker att lugna dig. Du hör hur han säger att han kommer med en morot, att han undrar om du har några önskningar, att han gärna vill uppfylla dem åt dig, att han vill rädda dig, forma dig, göra dig medveten. Du känner demonens storhet men inte den styrka han tidigare besuttit.

Du:
Det är inte jag som behöver moroten. Kasta den åt dina kaniner, ha, ha, ha!

Demonen:
Det kan vara en välsmakande morot, min kära vän! Kaninerna har fått sitt.

Du:
Du är inte min vän! Diabolo!

Demonen:

Jag vet att du har alla förutsättningar att vara omtyckt – men hur många vänner har du? En? Den som du endast träffar här, som sitter här med dig så länge det passar honom och sedan lämnar dig, för någon mycket viktigare som väntar på honom. Du borde fråga dig själv varför det är så.

Du:

Jag struntar i det! Jag bryr mig …

Demonen:

Du struntar faktiskt inte, utan fruktar att du aldrig kommer att ha det du saknar och att du alltid kommer att ha bara det du redan har. Ingenting mer! Och du har egentligen ingenting!

Du:

Jag saknar ingenting! Struntar? Fruktar? Säger du det bara för ett billigt rim skull? Du kan lika gärna fortsätta med luktar, blundar, dundrar … väntar, längtar …

Demonen:

Erkänn nu din svaghet och att du behöver hjälp!

I det fullständiga mörkret känner du dig törstig och lyfter upp den kalla ölflaskan mot munnen men det kommer ingen öl ur den trots att du känner att den inte är tom. Du försöker urskilja honom i mörkret och ge honom en hotande min, men förgäves; du blir tvungen att återvända till det oönskade samtalet. Ändå känner du något du inte känt på länge – du kämpar emot!

Du:
Och du har åtagit dig uppgiften att hjälpa mig, att omforma och utveckla mig, att göra mig medveten!?

Demonen:
Jag är din räddningstjänst!

Du:
Jag vill inte ha något av dig! Minst hjälp! I kväll behöver jag inte dig! Jag väntar på någon! I morgon kan du återkomma. I morgon! Ty i morgon hittar du inte mig, ha, ha, ha! I morgon är hon tillbaka och du borta, din satan!

Demonen:
Du har ändå önskningar, eller hur?

Du:
Det har alla! Det vet vi från både våra erfarenheter och all fiktion vi läst och sett. Underskatta inte min intelligens!

Demonen:
Allt fler ord kommer från din mun. Jaha, du har blivit någorlunda mjukare nu! De hårda kan hålla tungan mycket längre.

Du:
Det är bara för att jag vill bli av med dig!

Demonen:
Okej, säg en önskning då!

Du försöker släcka törsten en gång till och misslyckas igen och vet att demonen driver med dig med sina övernaturliga krafter. Det gör dig ännu trotsigare och demonen kan se högt blodtryck i dina ögon. Du förutsätter att han kan se det du enbart kan känna. Men det du känner just nu gör dig starkare och din osynliga piska, som du använt mot dig själv, börjas vända mot demonen, du blir sakta men säkert alltmer överlägsen honom.

Du:
Jag behöver inte göra det. Nu har jag allt – hon har sagt: "Vi ses."

Demonen:
Jag har kommit på en önskning åt dig! Och du blir väldigt glad!

Du:
Din önskeuppfyllelse efterföljs av biverkningar! Du är inte jag! Så långsiktig är jag inte. Naiv är jag inte heller, det är bara så att jag har förmågan att se mellan fingrarna, för jag är mänsklig och du är ändå demon.

Demonen:
Ja, biverkningar blir det. Du kommer att bli rädd för hundar. Du kommer att bli rädd för ormar. Du kommer att bli flygrädd! Till och med mörkrädd som när du var barn. Du kommer helt enkelt att bli rädd!

Du:

Det är jag redan. Rädd! Helt enkelt, rädd!

Demonen:

Jag vet! Koppla då av, ingen skada kommer att ske. Det är jag som bestämmer. Önska bara något och du är min igen.

Du:

Kom i morgon! Och din är jag inte! Det kan du inte göra något åt. Jag är inte ens min. Det kan jag inte heller göra något åt. Jag blir min först när jag blir hennes. Och det blir jag, allt annat lämnar jag åt slumpen.

Demonen:

Okej, nu lämnar jag dig i fred! Okej, nu låter jag dig vara! Nu när du tror att kärleken löser allt måsta jag dra mig tillbaka. Det blir roligt att vänta och se hur denna kärlekssaga kommer att sluta den här gången, ha, ha, ha!

Du:

Äntligen!

Demonen:

Du har vunnit i kväll!

Du:

Jag vet inte om jag vunnit, men jag vet att jag inte förlorat eftersom jag inte har något att förlora. Jag är befriad från det som kan förloras och därför kan du aldrig vinna utan bara hoppas. Och i kväll kommer jag att få allt. Det jag får i kväll är något exceptionell. Det kommer jag aldrig att förlora igen. Då blir jag vinnare och du kan till och med sluta att hoppas.

Demonen:

Men du ska veta att jag inte försvinner permanent. Jag kan försvinna till och med långvarigt, men förr eller senare, när du blir som mest tillfredsställd och slutar uppskatta det du har, när du glömmer mig, dyker jag upp, och då ber du om en ny chans.

Du:

Jag vet att det blir jag som försvinner, permanent – för dig. Ha, ha, ha! Och jag blir medveten om min existens. När du försvinner däremot blir du upplöst till din egen glömska av din existens.

Demonen:
Du vet mycket väl att jag förföljt dig i tre år nu och att jag kommer att göra det längre fram för vi, två sidor av samma mynt, sammanflätade, är varandras misslyckande och förhoppningar, för jag slingrar mig kring dina tankar och du pulserar i min kropp. Utan dig är jag kroppslös och viktlös och det vill jag inte vara; utan mig är du tanklös och det vill du inte heller alltid vara.

Du:
Exakt! Du är kroppslös! Viktlös!

Demonen:
Och dum är du utan mig, min kära vän!

Du:
Bättre dum och utan dig än galen och med dig!

Demonen:
Jag livnär mig genom att leka med dig. Jag livnär mig genom att se hur du svettas av törst. Jag livnär mig genom att se hur du förlorar den ena kärleken efter den andra, en förhoppning

efter den andra, genom att se hur du gång på gång kommer till insikt om att du inte vet något om det adekvata och relevanta här i livet.

Du:

Jag vill inte veta något om det adekvata och relevanta här i livet! Det finns ingen mening med livet om det inte är meningslösheten. Meningslösheten är livets mening. Det står jag orubbligt för! Och livet kan uthärdas bara genom kärleken, allt annat är bara osmaklig inbillning. Ja, till och med kärlek är inte livets mening – med kärleken är livet reducerad till ett evigt ögonblick av tillfredsställelse så länge man lever. Det är en smaklig inbillning.

Demonen:

Du försöker förgäves vara ytlig. Befriad!

Du:

Det är bättre att ha ett inre djup och försöka vara ytlig än att vara ytlig och försöka uppnå ett inre djup.

Demonen:

Ändå låter jag dig inte avstå från att vara

annorlunda, att bli sanningssökande, att bli
grävande och genomskådande.

Du:
Nej, nej, det är min egen vilja. Det var jag
som bestämt att vara viljelös. Det borde du
veta, din försvagade och snart bortjagade
demon!

Demonen:
Att vara viljelös med egen vilja! Det är något
nytt! Samtidigt låter jag dig vara hedonistisk.
Då ignorerar du mig som mest och det är
faktiskt skönt att se dig vid sådana tillfällen,
invaggad i den ljumma friheten.

Du:
Min personlighet kännetecknas av flera olika
sidor.

Demonen:
Nåja, låt mig tala till punkt!

Du:
Din punkt kommer aldrig! Sätt den för en gångs
skull!

Demonen:
Förresten har jag talat färdigt nu. Jag kan dyka upp närsomhelst, varsomhelst och hursomhelst om den du väntar på lämnar dig igen. Oj, vad aktsam kommer du att bli!

Du:
Demonernas skymning! Eller är det demonernas gryning? Hör du? I mitt fall ser det ut som om demonernas epok är förbi. Nu är det min tid – mina fem minuter har kommit. Hör du? Nu kommer mina goda år! Vi ses inte mer! Farväl, demonen!

Nu är det sluttalat och du ser hur demonen vinkar farväl åt dig och upplöses i cigarettröken. Ljuset är tillbaka! Du känner inte hans närvaro längre och är glad igen. Du försöker förbli glad – och du vet att du kan vara det.

3.

Du kan ägna tankarna åt henne nu, för hon kommer snart. Hon har sagt: "Vi ses." Du väntar och du vet att hon kommer att komma. Du bryr dig inte om hon inte kommer vid avtalad tid för ni har inte avtalat någon bestämd tid. Hon kan aldrig komma för sent, för du tänker inte på någon tid när du väntar på henne. Du tänker bara på henne. Hon bryr sig inte om det regnar nu. Hon tycker till och med om när det regnar och vet att du gör detsamma. Ni tyckte om det en gång i tiden och det kommer ni att göra igen. Så hon kan njuta i sommarregnet och behöver inte springa för att komma andfådd till någon avtalad tid och förklara att hon ville hinna i tid. Hon minns, säger du glatt för dig själv, hon minns fortfarande utantill dikten jag skrev till och för henne, för oss. Den kärleksförklaringen har äntligen vunnit över det fula ordet jag sa till henne kort efteråt. Ordet jag sårat henne med, så djupt att hon inte kunde fortsätta leva med mig, har som en bumerang slagit ner mig ännu mer än det gjort henne. Det har paralyserat mig, har hållit mig fången i mig själv i mer än tre år.

Min giftiga tunga väckte den av henne äntligen glömda olyckan; min giftiga tunga förstörde dåtidens optimism, förmörkande framtiden. Hon minns dikten utantill! säger du en gång till för dig själv. Hon gör det! Men inte jag! Jag glömde den, slarvig som jag är tappade jag bort den någonstans. Jag glömde dikten men inte henne. Inte heller vårt första möte. (Du kommer så tydligt ihåg det. Det var inte på en pub där nästan alla dina tidigare förhållanden hade påbörjat. Det var på en bro, där du stod den kvällen, då du tog en kort paus efter en lång promenad, där du tittade ner mot älven en snörik vinter. ´Tänker du kanske hoppa ner´ hörde du plötsligt en kvinnlig röst. Men det skrämde inte dig, den var så vänlig. Det var bara ni två där, och en bil, minns du, som körde långsamt förbi. ´Nej´, svarade du, ´det är endast en varm, sötad tekopp jag tänker på just nu.´ Ni tittade på varandra genom de stora snöflingorna. ´Vi har så många gemensamma referensramar´, sa hon förtjust senare medan ni satt och pratade vid ett bord för två i ett litet och varmt, gammaldags kaffehus och drack te. Och det var det.) Jag glömde dikten men inte mitt sårande ord. I tre år har jag straffat, piskat mig själv, säger du för dig själv. I tre år har jag funnits utan ett enda bevis på min existens. Utan efterlämnade spår har jag vandrat i tre år, utan en enda rörelse.

De - Ria och Nenad

1.

"Jag förstod att jag gick därifrån till ingenstans", deklamerade Ria förstulet, om och om igen denna strof, medan hon grubblade över sitt nästa steg i det spännande spanandet. Hon kände att deckarkänslan ingav henne den nödvändiga känslomässiga distansen från det uppdraget hon precis varit känslomässigt involverad i. Hon förstod att hon måste vara mer strukturerad och ständigt analytisk samt observerande under de nästföljande timmarna eller kanske dagarna, och till på köpet modig och envis. Hon förstod att hon inte fick tillåta sig att vara som sin romanhjältinna som *låg och vilade i soffan, blev beundrad av sin älskade oavsett om det skedde vid soluppgång eller solnedgång, för hennes hår var så fint, på en gång upphetsande och sömngivande.* Hon summerade sina sista tjugofyra timmar i några nyckelord och utryck: en romans försvinnande, det centrala i doktor Vascos liv, ett självmord, en oanvändbar text och två lika oanvändbara rader från en möjlig dikt. Hon tog upp en romans försvinnande och försökte avgöra om det var en orsak till eller en följd av det hela. Om det hade varit orsaken skulle det ligga i något som tidigare hänt henne eller någon annan. Hon såg ingenting i sitt beteende som skulle kunna bidra till det som hänt. Så frågan var vem den andra personen kunde vara. Att hon skrev en roman betydde en framgång för henne, att stjäla den var ett tecken på misslyckande för den andra. Framgång är till följd av vad man gjort, däremot är misslyckande en orsak till det man gjort. Framgången kommer efter att man skrivit en roman, misslyckandet föregår en romans stjälande, resonerade hon. Hon tittade upp mot den ljusblåa och molnfria himlen och kom fram till sin första premiss: hennes roman togs av en misslyckad person. Då borde det inte vara så svårt att hitta den under förutsättning att hon kände personen, och det var inte många hon kände. Människor lämnar reella spår efter sig. De kan spåras av andra. Romanen lämnar spår i en människas hjärna. Och de kan inte spåras av andra, tänkte hon vidare. Det var ett enkelt, till och med banalt resonemang, men hennes uppfattning var att man skulle avmystifiera, inte mystifiera fallet om man ville klara upp det.

Ria kände ändå en viss osäkerhet. Hon visste att hon borde dra nytta av alla erfarenheter om hon verkligen tänkte lösa problemet, men hon visste att hennes erfarenheter var obefintliga. Hon visste inte hur man löser gåtor av detta slag. Hon hade inte heller läst om något sådant. Tänk med ditt huvud, Ria! sa hon till sig själv. Lätt att säga! Det här är ett desperat huvud! Att tillgripa fiktion och mystik var således ändå hennes enda val, med hänsyn till brist på upplevelsen av en sådan verklighet. Hon skulle helt enkelt använda sig av fantasin hon onekligen besatt. Allt detta hon hamnat i kunde faktiskt vara farligt och hon var en lättskrämd personlighet; hon vägrade ju anmäla sin gode väns självmord. Värmeböljan gjorde henne svag. På grund av vätskebristen blev hon svimfärdig och såg hur alla möjliga färger började sväva framför ögonen på henne. Då svängde hon in i första bästa krogen i närheten för att få tag i något förfriskande. Inne i den tomma och svala lokalen kände sig Ria ännu sämre när hon såg ett känt ansikte. Hon försökte med all viljekraft behålla balansen men lyckades inte utan sjönk när rakt i händerna på honom, som satt ensam på barstolen vid notstället. Lyckligtvis återfick hon snabbt medvetandet och satte sig försiktigt bredvid honom. Hon beställde en citronläsk. Tydligt generad tog hon på sig några minuter innan hon vågade möta mannens ögon. Han log mot henne men förblev tyst en lång stund innan han oväntat lyfte upp sin drink och skålade till detta överraskande möte.

"Välkommen, Ria! Det var överraskande, men inte oförväntat."

Ria kunde genast märka att han var berusad på ett för henne sympatiskt sätt som hon var van vid en gång i tiden. Han var hennes första och sista kärlek, en stor och stormig förälskelse som pågick i ett och ett halvt år och sedan tog slut på ett av de alla möjliga sätt en kärlek kan ta slut. Därför var det inte konstigt att hon kände en kortvarig ånger över sin snabba misstanke om att denna person kunde vara den skyldige. Feberaktigt började hon fundera över sättet att få honom att tala om hennes aktuella och för närvarande enda intresseområde. Tyvärr var han – och hon borde veta det – svår att fånga in i någon annans verklighet. Han tittade på henne. Det tycktes henne som om hans ögon ville visa att ingenting hade förändrats de senaste tre åren och som om de två, hon och han, kunde fortsätta sitt förhållande utan vidare. Samtidigt undrade hon om hennes tolkning av hans ögonuttryck var korrekt. Hon undrade om det var hon som projicerade sitt önsketänkande i hans blick; inte desto mindre när hon hörde det han talade om, något helt annat. Ria tittade omkring i det svagt belysta rummet som var tomt bortsett de två och kyparen. Det hördes ingen musik, det var tyst som i ett tempel. Hon undrade hur han kunde sitta på ett så tråkigt ställe och tyckte nästan synd om honom. Hon undrade om han tyckte synd om sig själv och kunde inte motstå att fråga honom om vad han hade gjort under tiden de inte träffats. Han svarade att han för det mesta suttit här och mått bra med sin whisky.

"Det är inte whisky utan öl du dricker", rättade Ria honom.

När han uttryckte sin överraskning över denna miss blev hon irriterad på hans ironiska tonfall och kände att det var ett lämpligt tillfälle att skärpa till läget och berätta för honom att hennes roman blivit stulen och att hon behövde ett uppriktigt svar på frågan om han hade något med det att göra. Då antog han en seriös min. Den i sin ungdomstid passionerade diktskrivaren svarade, behärskad, övertygande och av allt att döma ärligt: "Jag vet, Ria, att du inte har mycket tid till förfogande och jag erkänner, när jag såg dig för knappt en kvart sedan, att jag hade för mig att du kommit hit för min skull, eller rättare sagt för vår skull. Att jag inte kollapsade av överspändhet kan jag bara tacka dig, för att du gjorde det i stället."

Hon avbröt honom småleende: "Att du aldrig kollapsat kan du enbart tacka mig".

Han fortsatte som om han inte hört henne: "Men snabbt insåg jag att du inte kommit hit för att träffa mig och det gjorde obeskrivligt ont en stund."

Hon undrade om hon skulle tro på det.

Han svarade: "Jag har alltid varit ärligt mot dig."

Hon sa med ett mjukt leende: "Ja, på gott och ont."

Då sa han: "Jag älskar dig fortfarande och ännu mer nu, och jag skulle göra allt för att hjälpa dig i varje svårt ögonblick. Just nu skulle jag inte skona ens mina sista krafter för att hitta det viktigaste i ditt liv, det som kan kallas ditt livsprojekt, det som jag inte hade förståelse för en gång i tiden när du påbörjade det och som nästan kostade mig hälsan, om inte livet, för drygt tre år sedan. Sanningen att säga vet jag numera egentligen inte om jag lever eller inte."

"Det är inte bara du som bär skulden för det. Och du lever, tro mig."

Han fortsatte, återigen som om hon inte sagt något: "Nu har jag suttit här i alla dessa år, rökande och drickande, bärande din bild i mina tankar, botande min själ, letande efter svar utan att veta vad frågan är."

Och hon la till hans ord: "Och bekämpande din demon."

"Och bekämpande min demon".

Och hon ville veta mer: "Och?"

Och han fortsatte: "Och just i dag när jag tänkte att allt definitivt var en avslutad historia dyker du plötsligt upp."

Nu avbröt hon honom igen: "Det var ren slump att jag hamnade här. Det var inte meningen att väcka gamla minnen, tro mig, Nenad. Jag tänkte på dig några minuter innan jag kom in hit men visste inte att jag skulle träffa dig här. Jag har aldrig varit här förut."

Nenad sa: "Att det var en slump gör inte saken bättre."

Ria klargjorde för honom: "Slumpen är det

enda beviset på min oskyldighet."

Då sa Nenad: "Men … Okej, nu när du vet allt om mig - och det var faktiskt allt om mig - tittar jag dig rakt i ögonen, Ria, och svär att jag inte har något att göra med det som drabbat dig, det vill säga med din romans mystiska försvinnande."

Ria tittade fokuserat någonstans i fjärran en kort stund innan hon började tala, som om hon ville vara så som möjligt kärnfull. Hon sa: "Nu har jag fått ditt svar, Nenad. Jag känner en lättnad efter ansträngningen som det innebar att ställa en sådan otrevlig och rättfram fråga till dig."

Och han sa: "Jag beklagar allt som hänt, men ber dig att inte dra för snabba slutsatser. För om det är så som du tror, då har jag inte något nyttigt råd att ge dig. Du vet bättre än jag, då du åtagit dig detta deckarjobb, att från och med nu är inte ens den minsta lilla detalj obetydlig."

"Det har jag redan förstått, men tack i alla fall."

Då undrade han plötsligt: "Men vad, om allt inte är som det verkar vara, letar du efter? Ett samband mellan företeelser som sammanträffar av en slump?"

Hon reagerade på hans ord på följande sätt: "Nu är du ironisk, Nenad."

Han blev mer konkret när han sa: "Slumpen kan också bevisa att de du anklagar är oskyldiga."

"Jag tror på slumpen."

Då sa han ödmjukt men bestämt: "Ria, du är i dag författare, något som jag aldrig kommer att bli. Du har den lusten. Du härdar ut. Du har den nödvändiga begåvningen. Du har allt som jag inte har. Men passa på nu, Ria! Gör inte en berättelse av ditt eget liv! Konstruera inte ett brott om det inte skett, utan rekonstruera det om du är säker på att det skett."

"Mitt liv har varit för realistiskt och det vet du mycket väl. Jag har kanhända fel men att inte våga göra så som jag gör kan kanske vara tecken på förnekande och foglig konformism". sa hon viskande.

Nenad kunde höra bitterheten i hennes röst. och sa: "Det vet jag, visst! Jag vet också att just det kan vara problemet. Det säger jag av egen erfarenhet, för det är jag som suttit här i tre år nu."

"Vad då i tre år?"

"Ja, du vet, tre år är den tid som jordklotet

behöver för att göra tre varv runt solen."

"Du vet precis vad jag menar."

Nenad bekräftade småleende: "Ja, det gör jag".

Hon förtydligade ändå: "Det är omöjligt att du suttit här i tre år."

"Okej, när jag inte är här sover jag i min lilla lägenhet."

"Ja, men vad du levt på i alla dessa år?"

"Jag har jobbat som lokalvårdare. Det låter fint, mycket finare än städare, eller hur? Men jag har bara jobbat halvtid, det har räckt för det liv jag lever nu"

Hon sa: "Okej, Nenad."

Och han lade till: "För det mesta har jag hållit mig undan från folk, varit ensam, haft tid till reflektion, som en frihetsberövad."

Ria fastslog att det var bra.

"För vem då?" undrade han skämtsamt.

"För dig", svarade hon och log. "Du är faktiskt inte farlig för andra".

Nenad tog ett djup andetag och sa: "Jag förutsätter, Ria, att du reflekterar över många frågor gällande ditt problem. Det kan hända att du berört dessa tankar. Jag menar tankar om förhållandet mellan verkligt liv och skönlitterärt berättande. Min avsikt är således inte att övertyga dig om något annat, eller predika, utan bara att av hela mitt hjärta hjälpa dig med, om inte med nya tankar så åtminstone med påminnelsen om att det finns fler ljus som kan upplysa vår lilla trakt."

Hon reagerade bestämt på hans ord: "Jag är inte ensidig. Jag kan bara med ett öga se som du med två. Och tro inte på att jag inte kan blomma även här, där jag bara är en blomma i krukan."

Då talade han: "Det ljus som kommer bakifrån skapar ju skuggan framför oss, det ljus som kommer mot oss gör skuggan bakom oss, det ljus som kommer mot vår ena sida gör skuggan på vår andra sida. Om du ska jaga efter skuggor nu, för det blir ditt jobb i början, då är det bättre att jaga den skugga som står framför dig än den som står bakom dig. Jagar du skuggor som står bakom dig blir du snart den som jagas". Så avslutade Nenad äntligen sitt tal om skuggor.

Hon sa skämtsamt: "Nu har du blivit en stor tänkare! Filosof!"

Nenad sa tyst: "Det är enda jag kan att göra. Filosofera?"

Ria undrade: "Är det det enda du kan göra?"

"Ja, det är det, Ria".

Hon var av en annan uppfattning: "Jag tycker att du har mycket mer att ge."

"Vad? Besvikelse?"

Hon sa: "Ja, du är också väldigt bra på det. En mästare!"

Då sa han: "Okej, ge dig iväg nu, Ria! Jag vet att du inte vill att jag följer med, men du är alltid välkommen tillbaka. Och du ska veta att jag kommer att vänta på dig." Han tog sitt ölglas och började dricka, långsamt.

Ria lade märke till att hennes högerhand av någon underlig anledning var stödd mot Nenads bröst hela tiden, som om hon fortfarande var rädd att hon skulle svimma och ramla ner från den höga barstolen, eller som om hon var så uppmärksam på det han talat om att hennes hand helt enkelt omedvetet försökte hålla åtminstone lite fysiskt avstånd mellan dem. Hon själv kunde inte avgöra vilken förklaring som var mest rimlig. Hursomhelst klev hon av stolen, vände sig långsamt mot dörren – hon fick tillräckligt mycket tid på sig för att göra så för han bara fortsatte att dricka sin öl och kunde inte längre följa henne med blicken – och efter knappt tio steg lämnade hon det mörka rummet och gick ut i den bländade ljusa och irriterande varma dagen.

2.

För att skydda ögonen blundade Ria en liten stund. När hon öppnat ögonen igen tvekade hon en stund. Sedan vände hon sig mot entrén, öppnade dörren och gick tillbaka in i lokalen. Ria ställde inga frågor till sig själv. Hon visste varför hon gjorde så. Hon visste vad det betydde och vad det skulle leda till. Hon kände sig självsäker. Hon kände att hon inte behövde oroa sig för sitt väckta patos. Hon visste att hon kunde hålla alla på distans – till och med honom – och ägna sig åt sitt fall utan någon annans inblandning, särskilt nu när doktor Vasco var död. Dock var hennes känslor för Nenad väckta igen och hon kände ett starkt behov att berätta det för honom. När hon kom fram till honom började hon tala: "Det är inte det störande, bländade ljuset som fått mig att komma tillbaka, Nenad, utan dina ord och din kära röst i det här mörka och rökiga rummet. De fick mig att tänka tillbaka på den tid som flytt, när jag kände mig som lyckligast, efter den katastrofen som gjorde mig till den jag är nu; som gjorde mig lika nostalgisk som du när jag började hoppas på att allt skulle vara som tidigare; när jag fick de vackraste komplimanger i form av de mest passande liknelserna och de finaste metaforerna. Du ska inte tro att jag inte kommer ihåg dina verser som avspeglade vår gemenskap, en gemenskap som ledde till och befäste vår kärlek. Jag deklarerar ofta och med glädje dem. Jag minns och kan dem utantill!"

"Kan du dem utantill, Ria?!"

"Ja, det kan jag, Nenad."

"De har inget värde!"

"Jo, det har de, i alla fall för mig."

"Har de något värde för dig då är det lika med att de har värde för hela världen! Det är din uppskattning som räknas."

När Ria sa följande kände hon för första gången att hon log: "Och du blir inte nöjd med mindre".

Han sa: "Just det", och skrattade.

"Lyssna nu", sa hon och började deklamera, nästan viskande:

"När jag minns ditt ansikte ser jag det målat i gryningen.

Då ser jag alla mina skymningar och alla mina gryningar.

Jag ser eldflugor i skymningar och vita väggar i gryningar.

Du minns säkert hur jag stod på mitt rums tröskel

(som plötsligt även blivit ditt)

och hur din hand rörde vid den kalla vita väggen

(ett segel vars båt utesluter varje tanke på undergång).

Det förblir alltid så kunde jag säga då,

för jag var för naiv för att tro på det föränderliga.

Jag visste ingenting, då jag trodde att jag visste allt.

Eldflugor och vita väggar och inget annat!

Jag trodde att det räckte för visdom.

Jag trodde att det räckte om du bara log.

När jag minns ditt ansikte ser jag det målat i solljuset.

Då ser jag allt som en gång varit ett självklart paradis

(och därför inte upplevts som sådant).

Då blir jag nostalgisk och drömmer

och ler i drömmen som ett spädbarn.

Tänker du som jag, när jag säger

att jag inte vill träffa dig om det inte blir då
och där?

Vid floden och den doftande linden vill jag
träffa dig.

Där tyckte du om att bli kysst.

Där hörde jag när du sa: Le! Le!

Vid havet och det brända gräset vill du träffa
mig.

Där tyckte jag om att bli kysst.

Där hörde jag när du sa: Jag älskar dig!

(Du minns kanske och gråter säkert då).

På vintern när jag minns ditt ansikte ser jag
det målat i snö

Vem gör det i dag? Ingen!

Ingen här!

Du var så vacker målad i snö!

Jag minns att jag kunde dö denna nyårsafton.

Ingen vet att jag dör varje nyårsafton

och födds på nytt, när jag minns hur du log,
målad i snö

När jag ser ditt ansikte ser jag det målat i
mina skoldagar.

Jag minns lukten av tjära från det svarta

brädgolvet

(jag tyckte aldrig om det, nu längtar jag även efter det)

och minns den tjocka lärarinnan som slog oss, elever i huvudet när vi gjorde fel

(jag skrattar när jag minns hur min kamrat svor upprört för sig själv).

Jag minns de gamla och de nya geografiska kartorna över ett land

(det som en gång var vårt land)

och känner mig bitter över den historiska oundvikligheten.

Jag anar att du kan

(som jag)

bli glad när du minns fyrverkerierna

och de varma majnätterna och regnet i augusti.

Då andas jag lugnare

och minns hur vacker du var i din gula regnkappa

Minns du?

Tänk inte bara på här och nu!

Det kräver styrka och mod.

Det saknar jag

(då är jag tyst och rädd),

för du kan se hur jag ler bara då och där".

Efter att hon deklamerat färdigt Nenads dikt sa hon: "Nenad, det var inte bara du, utan också jag som sett den karta som sedan försvann, men jag vill gå vidare och undrar om du är beredd på det."

Då sa han: "Gå vidare kan jag bara med dig, Ria."

"Jag upprepar: trots att jag är som en från sin egen mark plockad blomma och sedan stoppad i en kruka kan jag avge dofter, om än i begränsad räckvidd ..."

Då la han till: "Två krukblommor ställda tätt intill varandra sprider sina dofter längre."

"Tycker du att du är en blomma, du med?"

"Ja, det gör jag. Jag är en blomma. Du är en blommas doft, Ria. Den bästa doften som finns."

Då sa hon: "Skämt åsido, Nenad, nu behöver jag mer tid, bara för mig själv. Det här måste avslutas."

Han sa: "Du kommer att ordna det, jag vet."

Ria lade ömsint men bestämt sina händer på Nenads axlar och sa: "Det som du kallar för skuggor är jag inte rädd för, Nenad, för jag segrar hur det än blir."

"Det kan du bara göra tillsammans med mig."

"Det vet jag."

"Då finns inte något hinder för oss, Ria."

Hon sa: "Det känner jag nu, jag med. Det gör mig obeskrivligt lycklig, men vi kan inte skapa varandra. Det är något jag skapat nu och jag måste hitta det. Trots att jag inte kan vara lycklig utan dig skapar jag något varje minut."

"Det skulle jag aldrig försöka förhindra igen. Jag har haft gott om tid att rannsaka mig själv. Därför ber jag om förlåtelse för min vassa tunga."

Ria tog hans händer i sina, kysste dem och kände hur hennes blev kyssta av honom när hon sa: "Det är glömt och det är jag som bör be om förlåtelse". De kysstes i rummets tystnad. Sedan drog hon sig försiktigt tillbaka och sa, tittande honom rakt i ögonen: "Jag har förlorat en god vän till mig, Nenad, och i min förvillelse och sorg misstänkte jag att det var du som stulit min värdefulla skapelse."

Han sa med en bitter stämma: "Om jag kunde gråta offentligt skulle jag göra det nu! Känner du mig inte bättre än så?

"Nenad, allt du kände när jag reciterade din

dikt känner jag nu. Du kunde väl inse att jag genast ångrade min misstanke. Jag insåg att jag fortfarande älskar dig när jag kom hit. Att du har suttit här och tänkt på mig i tre år, och att jag har vandrat i min kreativa värld och tänkt på dig lika länge, säger och betyder allt. Det förstår du. Och därför ... jag går nu, men vi ses. Vi ses!"

"Jag kommer att vänta på dig, Ria. Jag kommer att vänta på dig!"

Rias andrum

Trots att Ria inte hade varit fullständigt nöjd med det hon sagt till Nenad – framförallt detta att hon inte förmått ge honom en rättvis bild av sitt närvarande tillstånd – kände hon ändå viss lättad. Hon kände sig i viss mån tröstad. Det var inte bara den typen av tröst som kunde uttryckas som "livet går vidare", utan också i ord som till exempel "livet går vidare och till det bättre", eller ännu hellre: "livet går vidare och blir därmed mer verkligt, inte enbart reducerat till textskrivande". Samtidigt och just på grund av detta tycktes det henne nu som om hennes skrivande och passion för det blivit mer meningsfulla och ännu mer glädjande än tidigare. I minnet gick hon tillbaka till tiden då hon påbörjat arbetet med romanen, när hon fortfarande varit ihop med Nenad. Hon mindes att hon hade kunnat leva fullt ut genom att pendla mellan båda sina behov, att skriva och att älska. Och att vara älskad. Hon hade inte uppskattat den livsstilen tillräckligt då, utan insåg dess värde så småningom, efter att förhållandet med Nenad tagit slut. Nu var den fina känslan tillbaka igen. "Fast hundra gånger starkare!" skrek hon. "Fast hundra gånger mognare!" Hon förnam också att bekymren och vreden som uppstått, till följd av att hennes nyskrivna manus försvunnit, lindrats avsevärt. Hon hoppades på att hennes alster åtminstone inte förstörts. Den var ju originalet och det förblir ändå tills den kopieras, när det mångfaldigas då tappar originalet i sin betydelse, samtidigt blir det oförstörbart. Hon insåg också att det låg en utmaning i tanken att leka med vad som faktiskt - faktiskt? - hänt. Hon kände det intensivt redan medan hon talade med Nenad. Hon fick till och med lust att skriva, berätta en påhittad, men som inte skulle uppfattas som påhittad, version av denna händelse, några fragment av de småhändelser som föregått ögonblicket då hennes litterära verk blivit stulet.

Nu var hon på väg hem och började gå allt fortare genom centrums gågata, ensam och hungrig men inte trött utan exalterad bland de ovanligt många människor som gick i raska takt förbi eller flanerade eller bara stod och tittade i skyltfönstren. Hon tänkte på doktor Vasco och ville så gärna tala med någon om honom. Om det storslagna och om det tragiska hos honom. Att hitta en intresserad lyssnare var däremot ett omöjligt uppdrag. Hon hade längre ansett att folk hade behov av att läsa om eller lyssna på eller titta på något förvisso verkligt, realistiskt men avlägset. Då kunde folk, på det passande distansen, utan en innerlig empati, uttrycka känslor och etiska synpunkter om de olyckliga och drabbade. Inga direkta kontakter med olyckorna eller de drabbade, olyckliga! Då skulle de bara ses som förlorare, som något man vill snabbt avlägsna sig från. Ria å sin sida tyckte mer om det tredje alternativet – det fiktiva. Att läsa och skriva. Då behövde man inte låtsas, eftersom det redan var underförstått. Man kunde röra sig fritt mellan det etiska och empatiska utan samvetskval. Dessutom var det lättare att tala till pappersbladet. Det var tålmodigare, det kunde lyssna i all evighet. Papperet gav inget intryck av att det ville kommentera något. På så sätt tvingade papperet henne att själv rannsaka det skrivna. Att skriva det sagda om och om igen och att mer eller mindre i samma grad uppskatta alla versioner av det, uppfattade Ria som en bestående del av den till bara henne tillhörande och begränsade världen. Vilket helt enkelt innebar att alla dessa utsagor bara var variationer av en enda stor mänsklig utsaga som bara var inpräntad henne men ännu inte upptäckts och som väntade på att skrivas. Papperet kunde tvinga henne att själv komma fram till det etiska, det mänskliga, det underbart enkla och hemliga, det eviga ljuset som professorn hade nämnt och som hon nu uppfattat det på sitt eget sätt, som sin egen metafor.

Med sina tankar upptagen lade hon knappt märke till att hon redan låst upp dörren till lägenheten och gått in i den. Där stod hon först en kortare tid, frånvarande som en sömngångare, tittande ner mot den färggranna mattan, som om den var ett kalejdoskop, som om hon var hypnotiserad av den. Sedan kröp hon under soffan, sträckte ut armen och nådde en tjock pappersbunt som låg under den. Hon tittade på den och skrek av en sådan glädje och lättnad man kan jämföra med den som den plötsligt vaknade känner efter en ytterst övertygande fruktansvärd mardröm. Samtidigt insåg hon att alla pusselbitar äntligen fallit på sin plats. Ria förstod sig inte på det omedvetna men hon förstod vikten av det; man behöver inte förstå varför regnet faller men man förstår hur viktigt det är med det. När hon för ett par år sedan skrev sin korta oavslutade berättelse om professorn Vascos son kunde hon inte drömma om att resten av den lämnade, övergivna berättelsen skulle komma liksom av sig själv. Hon lämnade egentligen den korta berättelsen övertygad om att hon aldrig skulle komma att återkomma till den. Det finns inget genomtänkt här, tänkte hon resignerat. Det omedvetna i berättelsens början visade sig till slut som en riktig ledtråd, ett förrummet till berättelsens helhet. Nu kunde hon ägna sig åt sin egen skönlitterära historia. Hon kunde inte förstå varför hon inte förmått avsluta en så kort berättelse. Men nu förstod hon att den i själva verket hade väntat på något i det verkliga. Hon förstod att det fiktiva kan aldrig skapas utan inblandning av det verkliga, att det egna eller någon annans verkliga grundar det fiktiva, inte tvärtom; att det fiktiva växer upp, växer sig starkt ur det verkliga, inte tvärtom. Att det verkliga önskar, kräver det fiktiva. Hon satte sig vid skrivbordet och skrev slutet på den på bara tjugo minuter, som om hennes fingrar var snabbare en hennes tankar - allt fanns där. Att senare utveckla och putsa den blir en lätt match för mig, tänkte hon lugnt och överlägset.

I den olagliga samlarens tjänst – en fiktiv version av professorn Vascos försvunne son

Kapitel III

Eftersom jag är en jättegammal, svag och nu också nästan stendöv människovarelse sitter jag mestadels vid köksfönstret som vetter mot en gata som är yngre än jag. Den är både min biosalong och min teaterscen. Jag sitter nära fönstret, det enda som delar mig och det är ett smalt och högt bord; högt för att det blir lättare för mig att nå en bit av de skalade apelsinerna och äpplena eller ett glas vatten som alltid finns på det. Och där på gatan finns det att se både tragedi och komedi. Då och då somnar jag - dessvärre eller dessbättre - en kort stund i min komfortabla stol med armstöd. Det som jag kallar då och då måste tas med reservation, för jag vet inte om det verkligen är bara ibland eller om det egentligen är ganska ofta. Det enda jag är säker på är att när jag vaknar fortsätter jag att stirra ut genom fönstret och hoppas på att jag inte missat något viktigt eller intressant under min tupplur. Sådant som jag annars skulle kunna ha tänkt på, hittat på under mina långa, allena vakenstunder. Vanligen brukar det inte hända något minnesvärt och så blir jag tvungen nöja mig med små saker och utveckla dem i min inre värld eller snarare krångla till dem i mina tankar. Det kan exempelvis hända att någon kvinna tappar sin matkasse och panikslaget börjar plocka upp sina på trottoaren spridda äpplen och dylikt. Då skrattar jag ohejdat med min hesa röst och minns plötsligt hur det ofta hände min saliga fru och mig när vi var ute och handlade när vi var i den där kvinnans ålder. Det är alltid något roande, något som gör mig lycklig när jag minns eller påminns det förflutna. Nuet känns så svårt för mig: jag måste gå igenom det. Men så gammal och erfaren som jag nu är, har jag lärt mig - uppnått den klokhet rättare sagt - att underlätta mitt nu genom att se det roliga i små saker. Nuet är jobbigt, man vill ändå klara det. Jag har insett hur små saker inte uppfattas som små av folk, och en gång i tiden av mig. Numera ser jag dem som små och inget annat än bara roande. Så mycket om små saker. Nyligen hände det däremot något utöver det vanliga. Vilken dag det var minns jag inte. Om det var i början eller i slutet av veckan minns jag inte heller. Jag minns inte ens om det var för en eller två veckor sedan, men jag minns att det hänt, utan som helst tvekan. Och det som hände tänker jag ofta på, både innan jag somnar och efter att jag vaknar. Det var nästan inget folk på gatan, så det måste ha varit sen (eller tidig?) eftermiddag. Det är jag inte precis säker på men jag minns när den unga kvinnan, som bor mitt emot mig i ett fyravåningshus på fjärde våningen, och som jag ofta med en svårförklarlig sympati brukar betrakta dagligen, när hon ibland snabbt, ibland långsamt, lämnar eller kommer tillbaka till sin bostad. Den här gången gick hon, ganska långsamt, till livsmedelsaffären, hon hade en tygkasse i handen. Strax efteråt dök det upp en smal, ung man – hur ung kan jag inte beräkna eftersom de flesta jag observerar nuförtiden ser unga ut i mina gamla, pigmentlösa ögon – som, efter att han blixtsnabbt knappat in koden och öppnat entrédörren, sprang in i byggnaden, flög in i den lika som de små apelsinbitarna flyger i min mun. Inte långt därefter sprang han ut, hållande något som borde vara en tjock pappersbunt under armhålan. Pojken, om jag får kalla honom så, försvann snabbt i motsatt riktning jämfört med den i vilken flickan gått. Jag kände mig ängslig, av någon anledning trodde jag att det som hände hade något med flickan att göra. Jag väntade otåligt på att hon skulle återvända. Inte kanske mer än fem minuter senare kom flickan, om jag får kalla henne så, tillbaka och efter att hon långsamt knappat in koden – det har jag lagt märke till att hon alltid gör – gick in i byggnaden. Så misstänksam, ännu mer nyfiken som jag är nuförtiden fortsatte jag att titta mot entrédörren med ännu större uppmärksamhet och förväntade mig att något mer skulle hända. Jag hade rätt. Efter en viss tid – jag kan inte säga exakt hur lång, eftersom det är möjligt att jag nickade till en kort stund trots min stora uppmärksamhet – kom den unga damen utrusande och tog den första bussen som stannade en stenkast därifrån. Sedan återvände hon, innan jag lurades till en ny tupplur, denna gång i taxibilen, gick ur den, stannade först en tid utanför sin bostad trots regnet och försvann sedan in genom porten. Jag skulle hemskt gärna vilja veta vad som hände med den väldigt rara och kära flickan till slut, om slutet överhuvudtaget hade kommit. Vad var det för pappersbunt pojken tog från hennes lägenhet? Fick hon den tillbaka? Ärligt talat skulle jag också hemskt gärna vilja veta vad som hände med den smale pojken.

Hittade flickan honom? Eller ångrade han sig och hittade henne, lämnade det stulna tillbaka? Hittade han sig själv, sin plats i solen? Om han överhuvudtaget behövde göra det. Jag kommer aldrig att få veta. Eller... vem vet, min gata är som en filmrulle.

Jag, Ria

Jag är ett krigsoffer, jag har förlorat ett öga. Jag är författarinna och jag saknar mitt vänstra öga. Jag har blivit författarinna för att jag blivit krigsoffer, för att jag saknar ett öga. Det är sant att jag skriver för att trösta mig. Jag skriver för att jag tycker om att någon hör min röst. Jag har faktiskt alltid tyckt om att skriva, men jag började skriva seriöst först som krigsoffer. Jag håller tyst om min skada. Inte för att jag tycker att det finns invalidförfattare utan för att jag är rädd att någon annan betecknar mig som en sådan. Jag tror inte på det – att det finns invalidförfattare. Jag är kär! Jag är författarinna och är kär på nytt. På nytt är jag kär i en och samma person. Att skriva och att vara förälskad gör att jag aldrig behöver tänka på min skada, att jag är ett krigs civiloffer. Jag är fri! Jag är kär! Jag är obeskrivligt glad att jag är på väg att träffa min kära som sitter berusad och tålmodigt väntar på mig. Min kära är något gammalmodig och därför inte ytlig. Han orkar inte skriva men är kunnig i att läsa som ingen annan jag träffat. Utom en äldre man jag känt men som dog häromdagen och vars död och min förvirring – jag trodde att någon annan tog hans liv, jag trodde någon stulit min roman, jag utmanades av tanke om en konspiration, jag ville hela tiden se verklighet i den fiktiva, inte tvärtom – ledde mig till min älskade igen. Min döde vän har genom sitt självmord lett mig till min kärlek. Nu vet jag att jag inte betalar för någon annans synder. Jag är oändligt glad att jag är på väg att träffa min älskade i det kalla världen, kosmoset. Vi kommer att återfå den värme som endast kärleken kan ge oss. Nu när vi träffas igen kommer vi inte att titta på varandra och för en utomstående kommer vi att likna två väldigt blyga personer som på grund av sin blyghet inte skulle förmå hitta två vettiga ord. Men vi är inte blyga, vår tystnad blir en frukt av vår förmåga att förstå varandra, som vi gjorde en gång i tiden – innan vredens ögonblick hade kommit. Jag vet med mig att han kommer att känna min doft och min värme. Jag vet att han kommer att känna hur hans stillhet utstrålar styrka och svaghet på en gång. Nu när vi kommer att träffas igen som ett kärlekspar blir vår lycka ostoppbar, men för en utomstående kommer vi bara att likna ett vanligt kärlekspar. Fast det kommer att bli så mycket mer, det kommer att handla om överlevnad, ty för oss kommer det inte att finnas plats för något sår. I vårt fall skulle nästa sår vara det sista – det skulle vara döden för oss. Kärleken är det enda som överlevt när allt dött och försvunnit. Kärleken har överlevt för att vi ska överleva. Ja, vi har överlevt! Nu när vi träffas igen kommer vi inte att längta efter det förflutna utan skapa något nytt. Det förflutna kommer bara att förflyttas till ett nytt rum. Det nya rummet blir vår framtid. Det förflutna, det samtida och det framtida kommer att finnas på en och samma plats. För en utomstående kommer det att se ut som om vi skulle bygga ett förväntat kärleksnäste. Men det kommer att bli mycket mer än så – det kommer att bli ett försvunnet land som vi byggt upp på nytt. För vi är betydelsefulla! Ja, vi är betydelsefulla. Nu när det ösregnar springer jag inte för jag vet att han tålmodigt väntar på mig – jag kommer aldrig att vara försenad. Jag behöver inte komma andfådd och förklara varför jag inte kommit i avtalat tid, därför att vi helt enkelt inte avtalat någon tid. Det kommer att kännas bättre att förklara att jag inte är andfådd för att jag inte bryr mig om att det regnar. Jag tycker om regnet. Vi tyckte tillsammans och intensivt om det en gång i tiden. Det ska vi nu göra igen. Ja, vi ska älska regnet tillsammans! Regn! Inte bara det symboliska. Regn! Inte heller bara det estetiska, utan även det kroppsliga, det som bekräftar våra kroppar - vår kroppslighet! Nu när jag är inne i lokalen, helt genomblött och glatt leende, och när han ömt smeker mitt våta hår, får jag ett oemotståndligt behov att berätta för honom om det tragiska och det komiska som hänt mig under de senaste fyra dagarna. Jag vill göra det för jag vet att han kommer att lyssna på mig med full uppmärksamhet. Men jag berättar ingenting. Han förstår allt och han vet att jag är medveten om det. Kärleken hör det outsagda, det ohörbara. Det är regnet som hör i stället. Det är regnet som talar istället. Till oss! Nenad förstår det tragikomiska i mitt liv. I sitt liv med. Jag förstår det i hans liv med.

"Vi behöver inga gudar nu", säger min Nenad och ler och det gör honom snygg – extra snygg, för han ler och skrattar sällan och därför tycker jag att hans skratt och leenden är så värdefulla.

Jag tillägger: "Vet du vad? Jag tycker att vi behöver dem varken nu eller i fortsättningen", och ler och det gör mig snygg i hans ögon – extra snygg, för jag ler och skrattar ofta och därför tycker han att mina skratt och mina leenden är så värdefulla.

Nenad säger: "De är inte alltid där eller när de behövs, gudarna."

Jag säger: "När jag behövde dem blev de tysta."

"Men du överlevde."

"Men du överlevde. Vi överlevde"

"Det gillar jag!"

Och jag undrar: "Vad är det du gillar, Nenad, att vi överlevde?"

Han svarar: "Nej, jag tänkte på något annat. Jag tänkte på det jag gillar hos dig."

Kyparens skugga glider över Nenads ansikte och framhäver den djävulska glimten i hans ögon som villkorslöst avväpnar hela mitt väsen.

"Vad är det?" undrar jag och förväntar mig ett annorlunda svar.

Och det får jag: "Jag gillar när du är gudlös, gumman!"

Jag säger: "Du avväpnar hela mitt väsen."

Och han säger: "Det är för att du är det, gumman!"

"Det låter fint i mina öron."

Det låter säkert fint i hans öron med.

Nu är det nästan tomt i lokalen. Kyparen har dämpat ljuset och det ger signalen att krogen stänger för dagen. Men han pressar oss inte; hans kropp eller den goda skuggan av hans kropp rör sig, svävar långsamt omkring i rummet medan han plockar bort de resterande flaskorna, glasen, kaffekopparna, tömmer askopparna, torkar borden, lyfter upp stolarna, läger dem på bordet och därefter torkar golvet.

"Är det det enda du gillar hos mig?"

Han svarar först långsamt: "Ja, det tror jag", för att omedelbart därefter snabbt säga: "Nej, det finns en sak till, gumman!"

"Bara en? Bara en, gumman?"

Han svarar lugnt: "Bara en."

"Vad kan det vara?"

Han svarar: "Allt. Allt, gumman."

Behövs det längre svar? *Allt, gumman!* Allt hos mig! Allt hos honom!

Det var slumpen, inte gudsstraffet, som utlöste mitt liv som författare. Den tanken kan jag lätt ta till mig nu. Det kom också av en slump – kärleken! Kriget? Nej, det kom inte av en slump. Det jag älskar är min egen bild av honom – av Nenad. Bilden som kom med regnet, som föll på mig, i mig! Utan form. Det är den riktiga bilden, en inte inramad tavla och därför med det bästa innehållet, med frånvaro av tomhet och smärta, men nära av båda. Det är min bild som gäller! Allt annat är bara illusion. Slumpen tillåter inga illusioner. Den tillåter inga hemliga planer. Den är hederlig! Den är skapande! Kriget? Nej, det innehåller hemliga planer. Ohederliga planer! Bitterhet! Bitterheten lämnar det efter sig, eftersom det kommer inte av naturen. En jordbävning, vulkaneruption eller översvämning kommer av naturen, de är förståeliga. Men kriget är katastrof av ett annat slag, av ett annat ursprung, därför är gudarna tysta. De skäms. De vänder ryggen åt oss för att gömma sina ansikten. Vi ska inte se hur de skäms för sina skapelser. De vet att de kunde göra det bättre. Inte heller freden! Freden är tristessen. Kärlek är motsats till såväl kriget som freden, den är den tredje vägen. Slumpen! Min kärlek är slump! Slump är kärleken! Jag accepterar inte något annat perspektiv! Punkt! Slut!

"Punkt! Slut!"

Han frågar: "Vad sa du, gumman?"

Jag svarar: "Jag älskar dig! Det sa jag,

gumman."

Han säger: "Du är gudlös, vet du."

Jag säger: "Jag vet."

Han säger: "Punkt. Slut."

. . . .

"Slut", säger Ria.

De går ut i den varma och regniga, ljusa augustinatten där ett rum och en säng väntar på dem. Och på golvet kommer att ligga en roman som ska läsas sent på morgonen.

Om författaren

Predrag Mihajlović (född i f.d. Jugoslavien) har bott i Sverige sedan 1992. Han är jurist, litteraturvetare och gymnasielärare.

Mihajlović debuterade med långnovellen *Apatriden och den förvirrade hunden* år 2017. Novellen finns översatt till engelska och serbiska.

Samma år kom hans första kortroman *Skuggor och eldflugor*. Den finns i serbisk översättning.

Novellsamlingen *Stella Canis och andra noveller* (också i engelsk översättning) kom ut 2019.

Långnovellen *Glömskans fantomsmärta* kom ut 2020.

Stella Canis och andra noveller och långnovellerna *Glömskans fantomsmärta* och *Apatriden och den förvirrade hunden* finns samlade i en bok under namnet *Novellsamling*.

Han har också gett ut flash-dramat *Soldaten och tio hönsägg* (översatt också till engelska).

Kortromanen *Den sparkade fågeln* kom ut 2021.

Kortroman *Skuggor och eldflugor* ges ut i en reviderad version.